La sorcière amoureuse

AGNÈS DE LESTRADE

ILLUSTRATIONS
DE GAËLLE DUHAZÉ

Chez Rafistole Sorcière

Chapitre 1

Sorcière Rafistole est amoureuse. De qui ? De son voisin Anatole, pardi ! Mais Anatole se fiche bien de Rafistole : il est amoureux de Firmine. Mais Firmine se fiche bien d'Anatole. Elle n'aime personne.

Sorcière Rafistole n'est pas
une sorcière comme les autres.
Elle est archinulle en **potions**.
Chez elle, pas de jus
de dindon

ni de bouillon
aux crottes de nez
de hérisson.

Non, sa spécialité
à elle, c'est
la couture.

Sorcière Rafistole coud, cloue, colle.

Des habits
de cauchemar,

des **chapeaux de cafard**,

et même des souliers
qui font **trébucher**.
Hé, hé, hé !

Un beau jour, Rafistole a une idée.
Elle va fabriquer un cadeau empoisonné pour Firmine, son ennemie jurée.
Toute la nuit, Rafistole coud, cloue, colle.
Enfin ! Les souliers sont prêts !

Rafistole marmonne :
— Quand Anatole verra sa **dulcinée** s'écrabouiller sur les pavés, qu'est-ce qu'on va rigoler !

Le lendemain matin,
en ouvrant sa porte,
Firmine s'écrie :

– Oh, un cadeau !

Elle déchire le papier et découvre
de magnifiques souliers rouges.

Tout excitée, elle les enfile et sort
faire quelques pas dans le quartier.

Anatole est là, de l'autre côté de la rue, le cœur battant et les yeux brillants.
Il s'approche de Firmine…
et patatras !
Elle lui tombe dans les bras.

– Je…
je m'appelle Anatole, bredouille Anatole.

– Je…
je m'appelle Firmine, bredouille Firmine.

Pour la première fois,
Firmine regarde Anatole.
Et le cœur d'Anatole
s'envole.

Firmine bredouille,
tourne les talons…
et s'écrase encore
sur le goudron !

– Je… je crois que je vais
changer de chaussures !

– Raté ! s'exclame Rafistole,
qui a tout vu depuis le coin
de la rue.

Extrait de Cauchemar

Chapitre 2

Alors la sorcière se remet au travail. Toute la nuit, elle coud, cloue, colle.

– Hé, hé, hé ! Cette robe à cauchemar est magnifique, nom d'une bique !

Le lendemain matin, en ouvrant sa porte, Firmine s'écrie :

– Oh, un cadeau !

Tout excitée, elle enfile la robe
et sort faire quelques pas
dans le quartier.

Anatole est là, le cœur battant,
les yeux brillants.

Soudain, Firmine se met à crier :

– Au secours, un cauchemar ! Je suis poursuivie par un monstre poilu !

Affolée, elle s'écroule dans les bras d'Anatole.
– Firmine ! bredouille Anatole.

– Anatole ! bredouille Firmine.

– Encore raté ! s'exclame Rafistole, très énervée.

GLOU

Chapitre 3

Alors sorcière Rafistole se remet au travail.

Toute la nuit, elle coud, cloue, colle.

– Ce chapeau à cafard est tout à fait extra ! Ha, ha !

Le lendemain matin, en ouvrant sa porte, Firmine s'écrie :

– Oh, un cadeau !

Tout excitée, elle pose le chapeau sur sa tête et sort faire quelques pas dans le quartier.

Anatole est là, le cœur battant, les yeux brillants.

Et sous son **regard énamouré**, Firmine se met à pleurer :

– Que je suis triste ! Je ne sais pas pourquoi j'ai le cafard comme ça !

Anatole la prend dans ses bras.
Il **envoie valdinguer** le chapeau
et lui chuchote quelques mots.

– Anatole, tu es toujours là
quand j'ai besoin de toi !

– C'est parce que… euh…
je suis amoureux de toi !

Depuis Anatole et Firmine ont décidé de se marier. Et Rafistole ?

Rafistole s'est déguisée en fée pour être à la noce.

Et ce jour-là, elle est tombée follement amoureuse d'Éole, le frère d'Anatole…

… qui se fiche d'elle comme de sa première culotte.

Lui, il est amoureux de Charlotte.

Fin

300, rue Léon-Joulin, 31101 Toulouse Cedex 9, France
www.editionsmilan.com
Loi 49.956 du 16.07.1949 sur les publications destinées à la jeunesse.
Dépôt légal : 2e trimestre 2015
ISBN : 978-2-7459-7531-7
Achevé d'imprimer en France par Pollina - L71605B
Mise en pages : Graphicat